# Paquito y Paquete

D1404214

GIROL SPANISH BOOKS
120 Somerset St. West
Ottawa, ON K2P 0H8
Tel/Fax (613) 233-9044

# MONTAÑA
# ENCANTADA

Juan Carlos Chandro

Ilustrado por Guillermo Ferreira

# Paquito y Paquete

**EVEREST**

Éste que trata de apagar la vela soy yo,
Paquito, el día que cumplí mi primer año.
Y el perro que está comiéndose la tarta es
Paquete, mi regalo de cumpleaños.

Nuestras relaciones no comenzaron demasiado bien. Como no le dejaron comerse la tarta, quiso comerse mis pañales.

Y yo tuve que morderle una oreja.

Pero, poco a poco, nos fuimos dando cuenta de que teníamos muchas cosas en común, y nos hicimos grandes amigos.

A los dos nos gustaban los discos de papá.
A Paquete arañarlos; a mí, lanzarlos por la
ventana para ver cómo volaban.

A los dos nos gustaban los libros de mamá.

A mí,
arrancarles
las hojas;
a Paquete,
comérselas.

A los dos nos gustaban los sombreros del abuelo.

A mí, utilizarlos como orinal; a Paquete, también.

Pero, en el fondo, yo envidiaba a Paquete.
A él no lo encerraban en el parque, ni lo
bañaban todas las noches, ni debía llevar
todo el día los pañales.

Y me parece que él también me envidiaba a mí. Siempre quería jugar con mis cosas, dormir en mi cuna y comerse mis papillas.

Un sábado, papá y el abuelo estaban durmiendo la siesta.

Y mamá había salido de paseo.

Así que aproveché la ocasión para descubrir qué se sentía siendo un perro, y, de paso, para darle a Paquete la oportunidad de ser niño por una tarde.

Lo primero que hice fue quitarme
los pañales y ponérselos a Paquete.
Como todavía no sabía hacer nudos, y
como no encontré el martillo y los clavos,
tuve que pegárselos con pegamento.

Luego quise bañarlo, pero yo no alcanzaba hasta el grifo de la bañera, conque me conformé con meterlo en la taza del váter y tirar de la cadena.

Eso le sirvió para hacerse una idea de lo que era una buena ducha.

Creo que no le gustó demasiado. En cambio se divirtió de lo lindo pinchando todas mis pelotas.

Y destrozando todos mis muñecos.

Yo también me lo pasé en grande
revolviendo en la basura. Y haciendo
pipí con la pierna levantada
en la lámpara de la sala.

Lo único que no me gustó de ser perro fue la comida: mis papillas sabían mucho mejor.

Cuando nos cansamos de jugar, lo acosté en mi cuna, lo tapé bien tapadito y le conté un cuento para que se durmiera.

Después me metí en su casita,
me encogí y me dormí.
¡Ahí sí que se estaba bien!

Al poco llegaron mamá y la tía Angustias.

—Hace meses que no veo al nene.

¡Qué ganas tengo de darle un beso! —dijo la tía Angustias.

—Pues no lo vas a conocer —le contestó mamá—. Ya verás qué grande está y cuánto pelo tiene.

La tía se acercó a la cuna muy despacito y sin encender la luz. Cuando levantó la sábana y vio entre penumbras una cosa peluda con pañales y chupete, hizo cuatro cosas a la vez:

**1ª** Llevarse las manos a la cabeza.

**2ª** Gritar.

**3ª** Desmayarse.

**4ª** Caer sentada en mi orinal.

Al oír el grito, papá y el abuelo acudieron corriendo. Papá estaba medio dormido; en vez de ponerse los zapatos se había calzado una maceta y un jarrón.

Y el abuelo estaba más dormido todavía.
Intentaba colocarse la dentadura postiza
en una oreja, e introducirse las gafas
en la boca.

Armaron tanto jaleo mientras intentaban desempotrar a la tía del orinal, que acabaron despertándome a mí también.

Asomé la cabeza por la puerta de la perrera y dije:

**Coordinación editorial:** Ana María García Alonso
**Maquetación:** Cristina Rejas Manzanera
**Diseño de cubierta:** Jesús Cruz

SEGUNDA EDICIÓN

© Ferreira y Chandro
© EDITORIAL EVEREST, S.A.
Carretera León-La Coruña, km 5 - LEÓN
ISBN: 84-241-7889-0
Depósito legal: LE.130-2000
Printed in Spain - Impreso en España

EDITORIAL EVERGRÁFICAS, S.L.
Carretera León-La Coruña, km 5
LEÓN (España)